献给小狼、海科特、奥森、盖瑞和乔,谢谢你们。
——爱丽丝

献给保罗、茱莉亚、罗格、哈利、托比和爱丽丝。
——克里斯蒂

献给艾希莉。
——埃莉诺

版权专有　侵权必究

图书在版编目(CIP)数据

睡吧,鹅卵石:爸爸妈妈最想要的哄睡神器 / (英)爱丽丝·格雷戈里, (英) 克里斯蒂·科克派翠克文;(英) 埃莉诺·哈迪曼图;枣泥译. — 北京:北京理工大学出版社, 2019.10
书名原文: The Sleepy Pebble and Other Stories
ISBN 978-7-5682-7647-4

Ⅰ.①睡… Ⅱ.①爱…②克…③埃…④枣… Ⅲ.①儿童故事—图画故事—英国—现代 Ⅳ.①I561.85

中国版本图书馆CIP数据核字(2019)第209584号

北京市出版局著作权合同登记号图字:01-2019-5329
Ⓒ Originally published in the English language as The Sleepy Pebble and Other Stories Ⓒ Flying Eye Books 2019

出版发行 / 北京理工大学出版社有限责任公司
社　　址 / 北京市海淀区中关村南大街5号
邮　　编 / 100081
电　　话 / (010) 68913389 (童书出版中心)
网　　址 / http://www.bitpress.com.cn
经　　销 / 全国各地新华书店
印　　刷 / 北京尚唐印刷包装有限公司
开　　本 / 710毫米×1000毫米　1/16
印　　张 / 5.5
字　　数 / 93千字
版　　次 / 2019年10月第1版　2019年10月第1次印刷
定　　价 / 88.00元

责任编辑 / 莫　莉
文案编辑 / 姚远芳
责任校对 / 周瑞红
责任印制 / 王美丽

图书出现印装质量问题,请拨售后服务热线,本社负责调换

睡吧，鹅卵石
——爸爸妈妈最想要的哄睡神器

[英]爱丽丝·格雷戈里　[英]克里斯蒂·科克派翠克/文
[英]埃莉诺·哈迪曼/图　枣 泥/译

北京理工大学出版社
BEIJING INSTITUTE OF TECHNOLOGY PRESS

目 录

给成年人的使用说明 …………………………………… 8

这本书有用吗? …………………………………………… 10

如何使用本书 ……………………………………………… 11

睡吧,鹅卵石 ……………………………………………… 13
    一个关于就寝习惯的故事

想熬夜的小柳树 ………………………………………… 25
    一个关于早睡的故事

爱泡澡的长颈鹿 ………………………………………… 37
    一个关于睡前放松的故事

好累好累的蜗牛 ………………………………………… 49
    一个关于睡前环境的故事

需要睡觉的小猪 ………………………………………… 61
    一个关于睡觉的好处的故事

睡眠小贴士 ………………………………………………… 73

疑问解答 …………………………………………………… 79

鸣谢感言 …………………………………………………… 83

作家、画家简介 ………………………………………… 84

给成年人的使用说明

许多家庭都有一套自己的睡前流程，比如先洗个澡、讲个故事，然后就关掉灯，希望孩子们能够早早入睡。然而恰恰是最关键的一步——让孩子们睡着——往往很难做到。孩子们或许会说，他们还不想睡觉，想要你再多讲几个故事，或是跟他们聊天。这很容易让家长们抓狂：都玩一整天了，睡觉时间也过了，我们已经累得不行，孩子们为什么还不肯睡？

这可能是因为孩子们虽然已经很累了，但还处于"兴奋"状态。也就是说，此时他们无论是身体还是精神都很警觉，随时准备对外界刺激做出反应。他们或许刚刚看过一个很刺激的故事，里面讲到了过山车，他们正想象自己坐在过山车上高速飞驰；或许他们想起白天被胳肢了，现在仍然痒痒得想大笑。这当然睡不着：高度兴奋的状态下，是无法睡着的。但是，只要给一点助力，他们就能放松下来，进入睡眠状态。

这本书有用吗？

《睡吧，鹅卵石》是专门帮助孩子睡前放松而编写的。这些让人平静、安宁的故事里，融入了实用的睡眠技巧。每个故事都包含了三个基本训练，分别是想象训练、肌肉放松训练及专注力训练。

想象训练

想象训练要求孩子们想象某个场景。为了使这个场景更加真实，可以鼓励孩子们丰富想象中的细节，包括想象声音和气味。针对成年人失眠症的研究发现，想象一个细节丰富的场景，比没有这样做，要入睡更快。学校有时也会运用想象训练来帮助孩子放松。这个技巧之所以有用，是因为持续在脑海里想象需要占用"认知空间"，这样认知空间就不会被让人保持清醒的思绪侵占——那些思绪都会引起紧张。

肌肉放松训练

肌肉放松训练包括紧张肌肉群和放松肌肉群。这样做可以让孩子注意到，肌肉紧张时和放松时的感受有什么不同。一项由美国睡眠医学院针对成年人慢性失眠症进行的非药物临床研究报告显示，肌肉放松训练是一个非常有效的方法。这个技巧有时也被用来帮助儿童入睡。我们在这本故事集里使用的方法，是在原有方法的基础上简化过的。

专注力训练

专注力训练指的是不带评判地"处于当下"。这意味着要留意三件事：我们的身体感受、经过我们脑海的想法及我们周围的环境——比如说感受气温或是留意附近的声音。不过，专注力训练的重点不仅在关注当下，更重要的是我们如何集中注意力。其要诀在于以开放、好奇、自我关怀和不评判的态度来体验当下。如果用错误的态度来集中注意力，比如，对当下发生的事情百般挑剔或是感到焦虑，则对入睡没有任何帮助。用专注力训练来改善睡眠，无论是对孩子还是成年人，都很有用。改善成年人睡眠的治疗方案中，就有这样的环节（比如说用来治疗失眠症的认知行为治疗法），而且它也常被教育机构采用，用来提升幸福感。专注力训练可以降低精神焦虑，并从生理上放松身体，从而促进睡眠。

这本书有用吗?

这些年,我们为了编写本书,查阅了很多科学文献,还联系了睡眠专家、心理学家、专注力训练专家等,跟他们讲了我们的想法,给他们看本书的初稿,从而得到了许多反馈。我们还成立了一个小型实验组,邀请了100个家庭(每家至少有一名3~11岁的儿童)参与其中。这些家庭的任务是,每天晚上讲一个书中的故事(《睡吧,鹅卵石》的初稿),连续讲三天,每天晚上讲完故事以后,填一份调查问卷,给我们反馈。这些反馈包含了故事的方方面面,比如故事长度是否合适,是否应该配上插图等。有70%的家庭都提供了建议。我们设计了很多问题,但最主要的只有一个:"本书是否对促进您孩子的睡眠有帮助?"统计显示,在104个孩子中,有80个孩子(占比77%)的家长认为本书"非常有效"或"比较有效"。家长们还提出了一些改进意见:比如增加插图,增加给大人的使用指南等。成书正是在采用了这些反馈的基础上编撰而成。虽然测试结果表示本书效果良好,但并不意味着本书对所有孩子有效。每一个孩子都是独一无二的——对这个孩子有效,可能对另一个孩子就没有。如果您和您的孩子认为本书有帮助,那么我们推荐您将阅读本书变成睡前惯例。您可以只讲书中适合自己孩子的故事。身体或心理健康状况不佳的孩子,在使用本书之前,请先咨询专业的健康保健机构。

---

*参与测试的104个孩子中,有21个孩子家长(占比20%)反馈说这本书好像没什么用;有3个孩子家长(占比3%)选择了"基本无效/完全无效/不好说"。我们的研究具有局限性(比如没有设置实验对照组;采用的是主观回顾性调查问卷;通过社交媒体招募志愿者,这代表家长知晓主创者的身份)。不过,总体来说,实验结果是可以保证的。

如何使用本书

在您开始讲书里的故事之前,最好先按本书第73页附上的小贴士,营造合适的睡眠环境。我们建议您每晚选一个故事,作为孩子睡前的最后一个故事。在开始讲故事之前,如果孩子愿意的话,可以要求他乖乖躺好,安安静静地闭上眼睛听。讲故事时,要用平顺柔和的声音,轻轻地、慢慢地讲述。新鲜感会引起兴奋,第一次讲这本书,可能达不到预期效果。您的孩子也许会对新书很兴奋,想和故事互动,请不要担心。第一次讲这本书时,可以鼓励孩子跟你一起看,并且回答他们提出的任何问题。向他们说明,这本书和往常看的书不太一样。过一会儿,您就可以要求他们安静下来,乖乖地听这本"睡觉书"。希望新鲜感消退后,这些故事能帮助您的孩子睡前放松。本书第79页的疑问解答环节还有更进一步的使用建议。当您讲完故事后,确保卧室里没有扰人的光线,四周一片安静,就可以说晚安,离开房间,让您的孩子进入梦乡了。祝您有个宁静的夜晚。

爱丽丝·格雷戈里教授
克里斯蒂·科克派翠克

一个关于就寝习惯的故事

睡吧,鹅卵石

鹅卵石睡醒了。他安全又舒适地躺在自己的水床上,就像每天早上一样。他先睁开一只眼睛,又睁开另一只,接着打了个哈欠,伸了个懒腰,然后又打了个哈欠,伸了个懒腰。他懒洋洋地揉了揉眼睛,享受着这种暖意融融的感觉,琢磨着今天有什么打算。

我们一起想象自己就是这颗鹅卵石吧。

想象训练

尽量安静下来,想象自己是躺在水床上的鹅卵石。试着在脑海中描绘他打了个哈欠,伸了个懒腰,然后又打了个哈欠,伸了个懒腰的画面。

想象一下鹅卵石的水床是什么样子。身体静止不动,想象鹅卵石的床——海底地面的样子,想象鹅卵石身上盖的温暖的被子,或厚厚的海草。

继续静止不动,躺在鹅卵石的水床上仰望清澈的海水。想象海面上一波一波的海浪。倾听海浪的声音。

要很认真地听哦。

―― 一个关于就寝习惯的故事 ――

早上,鹅卵石一般都和兄弟姐妹们一起玩,但是今天他不想跟往常一样。

他吃了早餐、刷了牙,慢吞吞地出了门。

"鹅卵石,要不要和我们一起玩?"他的兄弟姐妹们问,"我们在玩捉迷藏,藏藏找找,找找藏藏。"

鹅卵石很喜欢捉迷藏。平时他都会和他们一起玩,可是今天他不想玩这个。

"不了,谢谢。"他说,"我想玩点别的。"

鹅卵石挥挥手说再见,继续往前走。

过了一会儿,鹅卵石遇到了朋友们,他们正在跳舞,旋转跳跃,跳跃旋转。

"鹅卵石,要不要一起来跳舞?"朋友们招手让他过去,"我们正在为盛大的鹅卵石舞会排练舞蹈。"

鹅卵石很喜欢跳舞,平时他一定参加,但今天不行。

"不了,谢谢你们。"他说,"我要去冒险。"

鹅卵石挥挥手说再见,继续往前走。

过了一会儿,鹅卵石看见一群鱼默默地游过来。

"你要不要一起来?"鱼群问他说,"我们要去探索大海,在海里浮浮沉沉,沉沉浮浮。"鹅卵石笑了。

"我想做点跟平常不一样的事,"他心里想,"这件事就很不一样。"

"好呀,谢谢。"他回答。一条金鱼让鹅卵石骑到自己的背上。

鹅卵石很喜欢和鱼群一起游。他看见了大大小小的鱼,有红的、绿的、金的、银的;他听见了海洋生物们的窃窃私语,并且享受着凉爽的海水拂过的感觉。

"太好玩了。"鹅卵石说。他的新朋友们也这么认为。他们一起探索海洋,度过了愉快的一天。

最小的那条鱼打起了哈欠。现在,该回家了。

"鹅卵石,你家在哪儿?"鱼群问,"我们送你。"

鹅卵石也觉得累了。他想要回家。

我们一起送鹅卵石回到他海底的水床上吧。

肌肉放松训练

想象一下，你手里握着鹅卵石，每用力握一下，他就朝家近一步。

要完成这个任务，最重要的是你要安静下来。静静地，静静地躺着。尽量保持安静，平静地躺着，不要动。

现在照我说的做。想象你手里握着鹅卵石，用你最大的力气握紧他。对，就这样，用力握紧。好，松手。

用鼻子深吸一大口气，然后慢慢、慢慢地用嘴巴呼出来。深深吸气……缓缓呼气……放松，五、四、三、二、一。现在，你的手觉得好困好困。

想象鹅卵石在你另一只手里。记得要安静地握住他才管用。用力握紧鹅卵石。对，就这样，继续握。现在，松手。深吸一口气……慢慢地呼出来……放松，五、四、三、二、一。现在，你的另一只手也好困好困。

现在，想象鹅卵石在你的脚底，就抵着你的脚趾头。用脚握住他，对，就是这样，握紧。现在，松开你的脚。

深吸一口气……慢慢呼气……放松，五、四、三、二、一。现在，你的脚也困了。

好，换另一只脚。用脚握紧。对，继续握紧。现在，松开脚。深吸气，吸气……慢慢呼气……放松，五、四、三、二、一。你的这只脚也困了。

最后，想象你就是鹅卵石，缩紧你的身体。继续缩，然后放松身体。

深呼吸，吸气……呼气……放松，五、四、三、二、一。你的身体也困了。

做得很好。鹅卵石安全到家啦。他觉得有点累了。

鹅卵石吃了点东西,刷了牙。他爬上水床,钻进被窝,感到安全、舒服又放松。

鹅卵石打了个哈欠,伸了个懒腰,然后又打了个哈欠,伸了个懒腰。他闭上一只眼睛,然后闭上另一只。他沉浸在温暖和平静中,回想着白天和鱼群一起游泳的情景。

这时,鹅卵石的爸爸妈妈进来给他讲故事,跟他说晚安。

"体验不同的事物,好玩吗?"妈妈问。

"好玩。"鹅卵石说,"有时候做点新尝试,挺好的。"

"没错。"妈妈赞同地说,"你在尝试新事物方面做得很好。"

鹅卵石把被子拉到下巴上,感觉很开心,因为他的水床安全又舒适。

"我很喜欢新的体验。"鹅卵石说,"不过有时候,尤其是很困的时候,我就不想有新体验了。"

"我也是。"爸爸温柔地说。

"睡觉的时候,"鹅卵石若有所思地说,"我喜欢像往常一样。"

妈妈也同意。她亲亲鹅卵石,跟他说晚安,然后走出房间,让鹅卵石像每天晚上那样,安全、舒适地躺在自己的水床上,进入梦乡。

—— 一个关于就寝习惯的故事 ——

专注力训练

现在轮到你闭上眼睛啦。接下来的几分钟,你会像躺在水床上的鹅卵石一样舒适又惬意。

试着让自己舒服一点。

找一个能让你放松下来的姿势。你可以侧躺或者平躺。对,让自己舒舒服服躺在床上,放松下来。

把头枕在枕头上。认真去感受头底下的枕头。不要讲话,花一点时间去感受此时此地都发生了什么。任何感受都可以,没有对错。

静止不动,去感受自己是热还是冷。

现在把注意力转到你的呼吸上。吸气的时候你能感受气流穿过你的鼻腔,腹部像气球充气一样鼓起来。然后呼气,让腹部瘪下去。

深吸一口气,然后缓缓吐出。

深深吸气,缓缓呼气。

深深吸气……缓缓呼气。吸气……呼气……

保持静止不动,仔细感受你的双臂。你的双臂或许感觉很累,或许感觉很放松。任何感觉都可以,没有对错。

身体不要动,认真感受你的双腿。经过一天的奔跑、行走,你的双腿或许很累,又或许很困。

认真感受此时此地发生的事。感受空气进入你的腹部,然后再出来。

深深吸气……

缓缓呼气。

吸气……呼气……

当你调整好,就可以入睡了。

晚安啦,好困好困的鹅卵石。

—— 一个关于就寝习惯的故事 ——

一个关于早睡的故事

想熬夜的小柳树

小柳树是一棵很小但很强壮的树,她披着弯弯的浅绿色柳条,倾泻在森林边缘一座湖上,湖面波光粼粼。她和老智慧树是好朋友。老智慧树在她小时候就这么高,从她记事起就一直在这儿。不过,老智慧树有一件事,小柳树一直搞不懂。

"你为什么总是睡那么早?"每天晚上,老智慧树准备睡觉的时候,小柳树都要这么问,"等我长大了,我要晚点睡,看看夜里的森林是什么样。"

"夜晚是属于夜行动物的,比如猫头鹰和蝙蝠。"老智慧树每次都这么回答,"像我们树,必须要睡觉。只有睡饱了,我们才有强壮的枝干,让鸟儿在枝杈上筑巢;只有睡饱了,我们才有强劲的树根抓住地面,免得我们一头栽进湖里;只有睡饱了,我们才能长出许许多多树叶,为森林里的动物朋友们提供庇护。"

让我们想象一下森林里的小柳树和老智慧树吧。

想象训练

尽量安静下来,想象一下小柳树和智慧树。想象他们一起站在森林边缘,站在那个波光粼粼的大湖旁边。

想象一下小柳树,想象她长长的柳条上长满卷卷的柳叶。再想象一下老智慧树,他那强壮的树枝上长满了棕色的、绿色的、黄色的树叶。想象他的树枝随风轻轻摆动。

保持安静,透过小柳树和老智慧树望向远处。

想象小柳树前面有一片波光粼粼的大湖。想象一群鸭子嘎嘎地叫着,在湖面上游来游去,湖水轻轻地拍打着岸边。

仔细聆听这一切。

或许老智慧树说的没错,但小柳树还是想知道夜里的森林是什么样。每年生日的时候,小柳树都会许一个愿,希望自己能晚点睡,看看自己平时睡觉的时候,森林会发生什么事。

一年又一年,小柳树每年生日都会许同一个愿望。然后,这一天终于快到了,她将不再是一棵宝宝树,马上就要变成一棵成年树了。

"你想要什么生日礼物?"老智慧树问。

"我只想晚点睡觉,晚一会儿就行。我想看看夜里的森林是什么样。"小柳树若有所思地说。

"很好。"老智慧树说,"当你成年以后,就必须做适合自己的事。不过你也知道,我陪不了你,因为我每晚都是按时睡觉的。其实,我的睡觉时间已经到了。"

老智慧树说完晚安,准备睡觉了。躺在温暖又松软的土床上,他睡得是最香的。

让我们一起帮老智慧树铺一张温暖又松软的土床吧。

肌肉放松训练

想象一下,你手里有一抔土壤。安安静静地躺着,一动都不要动。就这样,尽量保持安静。

首先,用你最大的力气握紧双手,这样才能帮老智慧树把土壤变得温暖又松软。对,就这样,用力握紧。土壤正在慢慢变得适合用来给老智慧树铺床。现在,松开双手。用鼻子深吸一大口气,然后用嘴巴慢慢地、慢慢地呼出来。

深深吸气……慢慢呼气……放松,五、四、三、二、一。现在,你的手困了。

现在轮到双脚来握土了,这样你脚下的土壤也会变得松软、温暖。使出你最大力气,用双脚握住土壤。对,继续。现在,把脚松开。

深吸一口气,吸气……慢慢呼气……放松,五、四、三、二、一。你的脚也困了。

最后,让我们用你的全身去挤压土壤。用你身体的每个部分不断挤压。就是这样,保持住,然后放松。

深呼吸,吸气……慢慢呼气……放松,五、四、三、二、一。你的身体也困了。

做得好。现在温暖又松软的土壤已经够多啦,可以为老智慧树铺一张舒服的床了,完美。

再过几天,小柳树的生日就要到了,可是等待起来,却像是永远。最后,这天终于到来,小柳树办了一个生日宴会,邀请了森林里所有的动物。鹿、松鼠、鸭子、天鹅、啄木鸟等各种各样的动物聚集在湖边,为小柳树庆祝这个特别的日子。

夜幕逐渐降临,太阳落下树林,森林里的动物们开始揉着眼睛,招呼家人们准备回家。

"有人愿意和我一起守夜,看看晚上的森林是什么样子吗?"小柳树问。

森林里的动物们全都笑着摇了摇头。

"谢谢你,小柳树,可我们都累了。"一只鹿对小柳树说,"我要好好睡一觉,为明天做准备。太阳一升起,小鹿们就起床了,我需要养足精神照顾他们!"

其他动物也对小柳树说,他们必须要回家,躺在自己温暖、舒适的床上。

"没关系。"小柳树说,"我会独自守夜——只守一小会儿。"

森林里的动物们说完再见,就各自回家了。老智慧树祝小柳树生日快乐以后,也睡觉去了。小柳树觉得天气变凉,天色也更暗了。没多久,除了影子,她就什么也看不见;除了树叶的沙沙声,她就什么也听不见了。

这时,昼伏夜出的动物——猫头鹰醒来了,他从旁边的树洞里飞出来,看见小柳树还醒着,非常惊讶。

"你不累吗?"猫头鹰问小柳树,"现在已经很晚了。"

小柳树不得不承认,她有点困了。她的树枝耷拉下来,树根也累了。

"夜里的森林是什么样的?"小柳树问猫头鹰,"我真的很想知道。"

"嗯,"猫头鹰对她说,"你是很难看到。猫头鹰和蝙蝠,还有别的夜行动物,会在日行动物睡觉时,做他们需要做的事。等到了早上,就该我们睡觉,日行动物们起床了。"

小柳树现在真的累了。她看向老智慧树。为了明天精力充足,老智慧树早就睡着了。

"我想我也该睡觉了。"小柳树打了个哈欠,对猫头鹰说,"我真的……很……困。"

老智慧树和他的名字一样有智慧。他每天晚上都按时睡觉,是有道理的。现在,小柳树是一棵成年树了,她决定,再也不熬夜了。她要跟老智慧树一起,每晚按时睡觉。

专注力训练

现在轮到你闭上眼睛啦。接下来的几分钟，你会像大森林里的小柳树一样，舒适又惬意。

试着让自己舒服一点。

找一个能让你放松下来的姿势。你可以侧躺或者平躺。对，让自己舒舒服服躺在床上，放松下来。

把头枕在枕头上。认真去感受头底下的枕头。不要讲话，花点时间去感受此时此地都发生了什么。任何感受都可以，没有对错。

静止不动，去感受自己是热还是冷。

现在把注意力转到你的呼吸上。吸气的时候，你能感到气流穿过你的鼻腔，腹部像气球充气一样鼓起来。然后呼气，让腹部瘪下去。

深吸一口气，然后缓缓吐出。深深吸气，缓缓呼气。

深深吸气……缓缓呼气。

吸气……呼气……

保持静止不动，仔细感受你的双臂。你的双臂或许感觉很累，或许感觉很放松。任何感觉都可以，没有对错。

身体不要动，认真感受你的双腿。经过一天的奔跑、行走，双腿或许很累，又或许很困。

认真感受此时此地发生的事。感受空气进入你的腹部，然后再出来。

深深吸气……缓缓呼气。吸气……呼气……

当你调整好，就可以入睡了。

晚安啦，好困好困的小柳树。

一个关于睡前放松的故事
爱泡澡的长颈鹿

长颈鹿加布丽长得十分美丽。她快乐又可爱,高挑又强壮。她的生活就是每天优雅地在热带大草原上奔跑,从最高的树上够多汁的果子吃。

每到傍晚,加布丽就看着热带大草原的天空从蓝色变成粉色,再从粉色转成灰色,盼着晚上泡澡的时间快点到来。

等到太阳快要消失不见,加布丽便会告别其他的长颈鹿,去找自己的好朋友——大象埃塞尔跟河马休伯特。他们会一起泡在河里,享受一段漫长的放松时光。她是一只爱泡澡的长颈鹿。

虽然加布丽很喜欢晚上的泡澡时光,但她还有个心愿:希望自己能泡得更深一点。她总是看着埃塞尔与休伯特开开心心地泡在水里,水没到脖子,而她却只能划水玩。

其他的长颈鹿看见她蹚进河里,河水刚刚够到她的膝盖,都哈哈大笑。

"长颈鹿泡澡?"他们每天晚上都站在河边,一边把自己舔干净,一边说,"我们从来不做这么奇怪的事!"

但加布丽只是微笑着,每次都回答同样的话:

"我有一个小爱好,真让我沉迷。

每晚都要泡个澡,放松我自己。"

我们一起想象一下加布丽泡在河里的样子吧。

想象训练

尽可能安静下来,想象自己是加布丽,在热带大草原的长河里泡澡。试着在脑海中描绘她和好朋友一起放松的画面。河岸远处,是看向这边的其他长颈鹿。

想象布满星星的夜空。星星一闪一闪,亮晶晶的,背后是深邃的黑夜。感受气温随着天亮到天黑,微微变凉。

现在,想象热带大草原的夜晚是多么的静谧。此时此刻,大多数动物都已经睡了,只有河水在涓涓流淌,以及树叶在微风中沙沙摇曳。

要认真地听哦。

一天,加布丽抬着头,吃着高高的树上多汁的树叶,吃了好几个小时。她一边吃一边想,要是能泡一个全身澡该有多好啊。最好温暖的水流能没过脖子——可惜,水流只能没过膝盖而已。

"怎么了?"埃塞尔见加布丽垂头丧气的,开口问道。

"我有一个小爱好,真让我沉迷。

我要深深泡个澡,放松今夜里。"

埃塞尔抬头望着天空,只见天上的云层黑压压的。她想出一个主意。

我们看看能不能从云里挤出雨来下在河里,让河水涨到可以让加布丽泡个全身澡的高度。

肌肉放松训练

想象一下，热带大草原上空漂浮着又大又厚重的云层。安安静静地躺好，一动都不要动。就这样，安静、平静地躺着，不要动。

首先，伸出你的双手，让我们一起挤压云层。用力挤，把水从云层里挤出来，就像挤海绵一样。对，就是这样，保持住。现在开始下雨了，雨水落在河里。好，松开手。

用鼻子深吸一大口气，然后慢慢、慢慢地从嘴巴里呼出来。深呼吸，吸气……慢慢呼气……放松，五、四、三、二、一。现在，感受你的手有多困。

现在，改用你的双脚去挤压云层，让更多的雨落下来。用双脚最大的力气去挤。对，就这样，继续挤。然后，松开。

深吸一口气……慢慢呼气……放松，五、四、三、二、一。感受你的脚现在有多困。

最后，让我们用你的整个身体去挤压云层，这样雨才会一直下，河水才能涨起来。用你的身体尽力挤，能多用力就多用力，把最后一滴雨从云层里挤出来。河床快要涨满了。就这样，保持住。然后放松。

一个深呼吸，吸气……慢慢呼气……放松，五、四、三、二、一。感受你的身体现在有多么放松。

做得好。刚挤出的雨水已经落满了河床,准备让加布丽和她的好朋友们一起泡个全身澡,放松一下吧。

加布丽、埃塞尔和休伯特非常开心,能有这么深的河水泡一个全身澡。加布丽悠闲地浸泡在河里,她发现自己的长脖子得到了放松。

该上岸去跟其他长颈鹿会合了,加布丽告诉朋友们自己有多开心:

"我有一个小爱好,真让我沉迷。

我爱深深泡个澡,放松今夜里。"

埃塞尔和休伯特都很同意。他们也是爱泡澡的动物,而且他们也很享受今晚泡的这个全身澡。

—— 一个关于睡前放松的故事 ——

　　加布丽、埃塞尔和休伯特,一起抬头望向星空。该回家睡觉了。

　　加布丽走上岸,和其他长颈鹿一起舒服地躺在草床上。她让优雅的脖子好好休息,她的脚也因为支撑四条长长、长长的腿,又酸又累,所以她伸平四肢,让它们也好好休息。她扇动长长的睫毛,合上了眼睛。

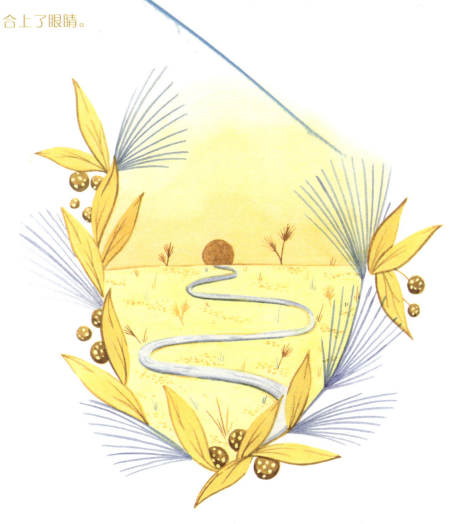

专注力训练

现在轮到你闭上眼睛啦。接下来的几分钟里,你将像大草原上的加布丽一样舒适又惬意。

试着让自己舒服一点。

找一个能让你放松下来的姿势。你可以侧躺或者平躺。没错,让自己舒舒服服躺在床上,放松下来。

把头枕在枕头上。认真去感受头底下的枕头。不要讲话,花点时间去感受此时此地都发生了什么。任何感受都可以,没有对错。

静止不动,去感受自己觉得热还是冷。

现在把注意力转到呼吸上。吸气的时候你能感到气流穿过你的鼻腔,腹部像气球充气一样鼓起来。然后呼气,让腹部瘪下去。

深吸一口气,然后缓缓吐出。深深吸气,呼气。

深深吸气……缓缓呼气。

吸气……呼气……

保持静止不动,仔细感受你的双臂。你的双臂或许感觉很累,或许感觉很放松。任何感觉都可以,没有对错。

身体不要动,认真感受你的双腿。经过一天的奔跑、行走,你的双腿或许很累,又或许觉得很困。

认真感受此时此地发生的事。感受空气进入你的腹部,然后再出来。

深深吸气……缓缓呼气。

吸气……呼气……

当你调整好,就可以入睡了。

晚安啦,好困好困的长颈鹿。

—— 一个关于睡前放松的故事 ——

一个关于睡前环境的故事

好累好累的蜗牛

蜗牛是一种行动迟缓而又细致的动物。我们今天要讲的这只蜗牛，一辈子都行动迟缓而又细致。他照顾自己的孩子，也照顾自己的家，他的家就是身上背的那个舒适的蜗牛壳。

许多年过去，蜗牛壳不仅褪了色，还变成了奇怪的形状。它的表面不再光滑，而是疙疙瘩瘩、麻麻赖赖的。但它依然很舒适，不会太冷，也不会太热，睡在里面，黑黑的，很安心。

这只蜗牛名叫欧内斯特。

"我是蜗牛欧内斯特,做事细致又善良。"他过去常这样对自己的孩子们说。他的孩子们现在都已经长大,有了自己的家庭和孩子。

欧内斯特今天要去探望家人,陪自己的孩子,以及孩子的孩子玩上一整天。

当他的孙儿们高高兴兴地缩进壳里准备午睡之后,欧内斯特的大儿子朝他爬了过来。

"爸爸,"他的儿子说,"我在想……干吗不找一天帮你擦擦蜗牛壳呢?你的壳已经褪色了,还有一点走形。看起来有一点……"

"……可爱。"欧内斯特笑着说,"你要说的词应该是'可爱'。这一辈子,我的壳一直都是我自己照料。我的壳是我的家,也是我的城堡。对我来说,这个壳十分可爱。"

到了晚上,欧内斯特挥手和自己的孩子、孙儿们道别,准备回到他茂盛的大树下,那是他每晚睡觉的地方。

欧内斯特感到很疲惫。他和孩子们叽叽咕咕、咕咕叽叽聊了一整天,现在很想休息一下。

我们一起想象回家路上的欧内斯特吧。

想象训练

尽量安静下来,想象自己是蜗牛欧内斯特,正爬向那棵茂盛的大树过夜。

试着想象他背上褪色的蜗牛壳。身体静止不动,想象蜗牛壳上的螺旋纹。想象蜗牛壳上布满了褐色的、橘色的尘土。

现在,想象一下欧内斯特光滑的、泛着光泽的触角。他的触角耷拉着,因为欧内斯特实在是太累了。

然后想象欧内斯特身下的地面。地面有的地方很平整,有的地方凹凸不平,因为有石子。

安安静静地,想象欧内斯特上方的天空。太阳已经西下,红霞布满天空,黑夜即将来临。想象天上云朵的样子,观察云朵的形状。看你能不能在脑海中描绘出月亮的轮廓。聆听树林的声音。

要很认真地听哦。

欧内斯特一直都行动迟缓而又细致，但是他现在比以往走得更慢、更细致。背上的壳好重啊。每走一段，都让他非常吃力。

他停下来，休息了一会儿。

啪，一滴雨点打在欧内斯特的壳上。紧跟着一滴，又一滴。不一会儿，雨下得越来越急，模糊了前面的路。欧内斯特低下触角，希望雨能停下。

地上的枯枝里，有一条蠼螋（qúsōu）在睡觉。他被雨声吵醒，往外伸出头，看见了欧内斯特。

"你还好吗？"蠼螋打了个哈欠，望着欧内斯特说，"你一定湿透了，你的壳看起来似乎有一点……"

"可爱。"欧内斯特说。虽然雨声很大，他的声音很难听清楚。"你要说的词应该是'可爱'。这一辈子，我的壳一直都是我自己照料。我的壳是我的家，也是我的城堡。对我来说，这个壳十分可爱。"

雨下得越来越大,越来越急了,蠼螋只好耸耸肩,叹了口气,赶紧缩回树枝里躲雨。

欧内斯特缓缓地穿过大雨,爬向路边。那里有几棵灌木可以帮他挡雨,免得雨水打在他脸上。

忽然,他感觉有什么东西,或是什么人在看着他,于是他抬起头。

一只细长腿的蜘蛛懒懒地笑着,躺在叶子上。

"嗨。"蜘蛛说。

"你好。"欧内斯特说。

"你想爬上来跟我坐会儿吗?"蜘蛛问。他伸了个懒腰,打了个哈欠,然后又伸了个懒腰,打了个哈欠。"这里没有雨,我们可以聊会天。"

"不了,谢谢你。"欧内斯特说,"我实在太累了,只想赶紧睡觉。"

"哦,可以啊。"蜘蛛说,"你干吗不上来,到这里睡呢?这里很干爽。你的壳看起来有些……"

"可爱。"欧内斯特说,"你要说的词应该是'可爱'。这一辈子,我的壳一直都是我自己照料。壳是我的家,也是我的城堡。对我来说,这个壳十分可爱。"

"行吧。"蜘蛛耸耸肩,"如果你改变主意,我就在这儿。"

欧内斯特休息了一会儿,还是很累,但他还在想着他那棵茂盛的大树。他决定不管要走多久,也要回到树下。于是他再次出发,继续前进。欧内斯特爬得很慢很慢。他实在是太累……太疲倦……太想睡觉了。

欧内斯特继续往前爬,爬着爬着,雨渐渐小了,到最后变成了毛毛细雨。天色越来越暗,月亮爬了上来。终于,在银色的月光下,他看见了自己那棵茂盛的大树。

能回到自己茂盛的大树下,欧内斯特开心极了。睡觉时间快到了,欧内斯特看了一本故事书,讲的是乌龟、树懒和鼻涕虫三个好朋友一起去冒险的故事。

让我们一起帮欧内斯特为睡觉做准备吧。

肌肉放松训练

想象你就是欧内斯特,觉得好累好累,准备缩紧全身,钻进你的壳,也就是你的家,你的城堡里。安静,躺着不要动,一下都不要动。尽你最大的努力,保持静止不动。

首先,握紧双手,准备缩进壳里。将双手握成一个小球。就是这样,保持住。然后松开手。

用鼻子深吸一大口气,然后慢慢、慢慢地从嘴巴吐出来。

深呼吸,吸气……慢慢呼出来……放松,五、四、三、二、一。现在,你的手觉得好困好困。

现在该把双脚蜷起来了,这样才能把脚塞进壳里。用力蜷起脚趾,就这样,保持住。然后松开。

深吸一口气……慢慢呼气……放松,五、四、三、二、一。你的脚感觉也困了吧。

最后,让我们把你的全身都挤进壳里。缩紧你的肌肉,尽量让所有的肌肉都紧张起来。没错,保持住,现在放松。

深呼吸,吸……呼……放松,五、四、三、二、一。你的身体也困了。

做得好。欧内斯特完美地缩进壳里了。

欧内斯特现在安全又舒适。他的壳里非常安静,黑黑的,既不太热,也不太冷。他昏昏欲睡,在蜗牛壳里非常放松。即使在睡梦中,他还在想,能在这样温馨舒适的地方睡觉,自己是多么幸运啊。

"人们总是认为我的壳又老又旧。"欧内斯特睡意蒙眬地低语道,"但它对我来说最完美不过。我照料了它一辈子。我的壳是我的家,也是我的城堡。对我来说,这个壳十分可爱。"

专注力训练

现在轮到你闭上眼睛啦。接下来的几分钟里，你会像蜗牛欧内斯特一样舒适又惬意。

试着让自己舒服一点。

找一个能让你放松下来的姿势。你可以侧躺或者平躺。对，让自己舒舒服服躺在床上，放松下来。

把头枕在枕头上。认真去感受头底下的枕头。不要讲话，花点时间去感受此时此地都发生了什么。任何感受都可以，没有对错。

静止不动，去感受自己是热还是冷。

现在把注意力转到你的呼吸上。吸气的时候，你能感到气流穿过你的鼻腔，腹部像气球充气一样鼓起来。然后呼气，让腹部瘪下去。

深吸一口气，然后缓缓吐出。

深深吸气，呼气。

深深吸气……缓缓呼气。

吸气……呼气……

保持静止不动，仔细感受你的双臂。它们或许感觉很累，或许感觉很放松。任何感觉都可以，没有对错。

身体不要动，认真感受你的双腿。经过一天的奔跑行走，你的双腿或许很累，又或许会觉得很困。

认真感受此时此地发生的事。感受空气进入你的腹部，然后再出来。

深深吸气……缓缓呼气。

吸气……呼气……

当你准备好，就可以入睡了。

晚安，好困好困的蜗牛。

一个关于睡觉的好处的故事
需要睡觉的小猪

保罗是一只肚子鼓鼓的小猪。他比一只家猫大不了多少，身上的毛又粗又硬，非常漂亮。他长着四条小短腿，大肚子鼓鼓地垂下来，差一点就碰到地面了。他和猪奶奶一起住在山上。

我们一起来想象一下小猪保罗吧。

想象训练

尽可能安静下来，想象自己是住在山上的保罗。想象云层触摸山顶，投下长长的影子。

想象保罗和猪奶奶坐在一起。想象他粗糙的皮肤长满粗硬的鬃毛。想象你轻轻地抚摸着他的小脑袋。

现在想象一下那座山。在脑海中描绘山间弯弯曲曲的石子小路，想象山上有片大草坪，有的草绿意盎然，有的则已经枯萎。想象四周围绕着绿色的树木和其他植物。想象你正呼吸着清新的空气。

保持安静，抬头看看蓝天。上面飘着大朵大朵的白云。聆听微风的声音。

要很认真地听哦。

— 一个关于睡觉的好处的故事 —

保罗是一只快乐的小猪,但做饭最让他快乐。从小,保罗就喜欢做饭和吃饭。猪奶奶是一位天才厨师,保罗花了很多时间跟她学做饭和帮厨。

每年,猪奶奶都会举办一场盛宴,款待山上所有的动物。届时,她会选一个孙儿负责烹饪菜肴。到目前为止,保罗的每个兄弟姐妹都被选过了,只有保罗没有。保罗一直梦想有一天自己能负责盛宴的菜肴,但这一天似乎永远不会到来。

然后有一天,就在宴会开始前,猪奶奶转头笑着对他说:"现在轮到你了,宴会的菜肴就交给你啦。"

保罗高兴地跳起来。

"哦,谢谢您!"他露出一个大大的笑容,笑得连他那温和的小眼睛都差点看不见了。

保罗立刻行动起来,他花了一天的时间去采集食物、收集草籽,然后将它们切碎、捣烂、搅拌,再筛面粉、和面、烤面包。

终于，他准备了一场足以让山上每个动物都回味无穷的盛宴，现在只剩最后一道美食没完成了——他的草籽面包还没有烤好，这是最美味的一道佳肴。

　　"你的草籽面包烤好了吗？"猪奶奶问。

　　"还没有！"保罗说，"我的面团没发起来，它好像发不起来了。"

　　猪奶奶过来看了一下，面团确实塌塌的。

　　"你得反复揉，面团才能发起来。"猪奶奶说。

　　让我们一起帮助保罗揉面团吧。

肌肉放松训练

想象一下,你手上捧着一个暖暖的、软软的面团。安安静静地躺着,准备揉面团。就这样,尽量保持安静。

首先,使劲握紧双手,挤压你指间的面团。对,就这样,用力握紧。面团越来越柔软了。现在,松开手。

用鼻子深吸一大口气,然后慢慢、慢慢地用嘴巴吐气。深呼吸,吸气……慢慢呼气……放松,五、四、三、二、一。现在,你的手觉得好困好困。

然后,换你的脚趾头来揉面团。要非常用力地揉,面团才能发起来。用脚握紧它。就这样,没错,继续握紧。现在,放松。

深吸一口气,吸气……慢慢呼气……放松,五、四、三、二、一。现在,你的脚感觉也困了。

最后,用力绷紧你所有的肌肉来揉面团,让你的肌肉能绷多紧就绷多紧。使劲挤压面团!加强身体的力量。对,继续挤压。好,现在放松。

深深吸气……缓缓呼气……放松,五、四、三、二、一。感受你的身体有多放松。

做得好。面团已经揉好了,准备发起来了。

面团看起来很完美。面包刚出炉,保罗和猪奶奶就招呼所有的动物过来吃。每个人都很喜欢这顿丰盛的美食。猪奶奶和动物们都为保罗欢呼,他们称他是世上最伟大的主厨。

等最后一个动物吃完离开,保罗躺倒在地上休息。

"你还好吗?"猪奶奶带着骄傲的笑容问他。

"我很好,就是感觉有点动不了。我的肚子好像更鼓、更大了。"

猪奶奶想了一会儿,说:"嗯,那是因为你在准备盛宴的时候,试吃了所有的根茎、浆果和草籽。等到了晚上,睡觉能让你的肚子休息,帮你把食物转化成能量。"

保罗觉得这可真是太棒了。食物能转化成能量,这让他很高兴。

保罗打了一个大大的哈欠。

"你累了吗?"猪奶奶问。

"我真的累坏了。我的大脑完全转不动了,反应也迟钝了。"保罗说。

猪奶奶想了一会儿,说:"哦,那是因为你想了一天的菜谱,也难怪你的大脑会累。"

猪奶奶抬头看了看天,太阳快要下山了。

"天快要黑了。"她说,"你很快就能上床睡觉,让你疲劳的大脑休息一下。睡觉能帮助你学习和记忆。等你早上醒来,会有更好的灵感,为你的朋友们研发新美食。"

保罗停下来想了好一会儿。睡一觉让大脑休息一下,正合他的心意。他的大脑真的太累了。

"还有,"猪奶奶说,"睡觉能让你长个儿,就像你做的那个美妙的草籽面包一样。你会长得更高、更壮。睡觉的好处多着呢。"

保罗停下来想了一会儿。确实，他希望自己长得再高点儿，腿再壮点儿，这样，腿就不会因为走了一天的路这么累了。

睡觉虽然是个好主意，可现在还没到睡觉时间，所以他决定在最后的这段时间里，回想一下与朋友们欢度的这场盛宴，以及他有多开心。然后，他舒适地躺在床上，闭上了眼睛。

专注力训练

现在轮到你闭上眼睛啦。接下来的几分钟里,你会像躺在床上的保罗一样舒适又惬意。

试着让自己舒服一点。

找一个能让你放松下来的姿势。你可以侧躺或者平躺。对,让自己舒舒服服躺在床上,放松下来。

把头枕在枕头上。认真去感受头底下的枕头。不要讲话,花点时间去感受此时此地都发生了什么。任何感受都可以,没有对错。

保持安静,去感受自己是热还是冷。

现在把注意力转到你的呼吸上。吸气的时候你能感受气流穿过你的鼻腔,腹部像气球充气一样鼓起来。然后呼气,让腹部瘪下去。

深吸一口气,然后缓缓呼气。

深深吸气,缓缓呼气。

深深吸气……缓缓呼气。

吸气……呼气……

保持静止不动,仔细感受你的双臂。你的双臂或许感觉很累,或许感觉很放松。任何感觉都可以,没有对错。

身体不要动,认真感受你的双腿。经过一天的奔跑、行走,双腿或许很累,又或许很困。

认真感受此时此地发生的事。感受空气进入你的腹部,然后再出来。

深深吸气……缓缓呼气。

吸气……呼气……

当你准备好,就可以入睡了。

晚安啦,好困好困的小猪。

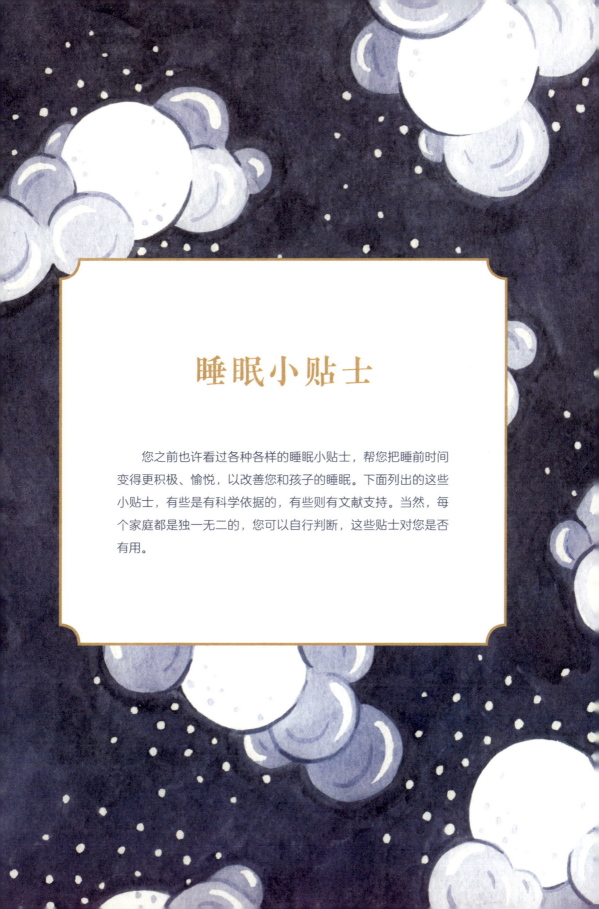

睡眠小贴士

您之前也许看过各种各样的睡眠小贴士,帮您把睡前时间变得更积极、愉悦,以改善您和孩子的睡眠。下面列出的这些小贴士,有些是有科学依据的,有些则有文献支持。当然,每个家庭都是独一无二的,您可以自行判断,这些贴士对您是否有用。

1.注意饮食

很多食物都被誉为有助睡眠——如热牛奶、浆果馅饼等。这些建议是有道理的，某些食物天然就含有一些物质，会暗示我们的身体该睡觉了，比如褪黑素（"黑暗荷尔蒙"）。但是目前还不清楚，食用这些食物对我们的睡眠是不是有显著影响。不过，我们可以多关注那些应该避免食用的食物。咖啡因是一个典型的例子。在它消耗完毕之后的很长时间，依然可以影响我们的睡眠。虽然儿童不太可能喝咖啡，但是要记得，还有很多食物都含有咖啡因，比如说可乐和巧克力，所以这两样也应该避免。

2.凉快一点

我们的体温在睡前通常会自然地降低，因此，凉爽舒适的环境非常有助于良好的睡眠。睡前洗个热水澡听起来违背了这条建议，但其实并非如此。当我们洗了个愉快的热水澡，皮肤的血管会膨胀充血，出浴之后，浴室外的冷空气降低了血液温度，我们就会觉得凉快。

3.调暗光线

光线变暗时，我们的身体会释放出褪黑素。这会给我们的身体一个暗示：到睡觉时间了。明亮的光线会破坏这一过程，有可能妨碍自然入睡。因此，如果您想让孩子睡觉，最好减少光亮。可以戴眼罩，也可以拉上窗帘，并且调暗光线，远离发光的电子设备。

4.牢记形成习惯的基本法则

形成习惯的基本法则,就是强化喜欢的事。我们必须做到,不要在无意中强化那些我们不认同的行为。举例来说,如果你想要孩子晚上上床睡觉,你可以做个图表,当孩子晚上按时睡觉,就贴个贴纸奖励他。如果你的孩子在没有充分理由的情况下夜间起床,不要答应他们玩一会儿,或是做那些会让他们保持清醒的其他有意思的活动,这会变相形成一种奖励。

5.形成规律

我们的生理活动是由我们体内的"生物钟"来控制的。比如说,我们的体温、褪黑素和机警水平从白天到夜晚会自然地发生变化。也就是说,在一天的某段特定时间,我们更适合睡觉而不是去做其他事。如果我们睡觉和清醒的时间每天都是固定的,那么便会帮助我们的身体知道什么时候要开始睡觉,并为此做准备。

6.早睡……

专业指导建议说,大多数3~5岁的儿童,每天应该睡够10~13小时,6~13岁的儿童每天应该睡够9~11小时。有许多孩子都没有充足的睡眠,这可能会导致白天的活动发生问题。确保孩子有充足的睡眠的方法,就是早睡。醒来的时间通常是固定的(我们必须起床去上班或者上学),而毫无意外地,研究表明,早睡的孩子睡得更多。

7.……但也别太早！

我们最好在疲倦的时候睡觉。如果不是这样，可能躺在床上也睡不着。一旦我们习惯了在清醒而且紧张的状态下睡觉，可能会造成睡眠问题。也许家长们无法判断自己的孩子是不是疲倦，与多数成年人不同，有时孩子们疲倦的时候反而更兴奋。您或许可以试着连续一周固定一个时间睡觉，来观察这个时间是否合适，或是应该将睡觉时间再提早或推迟些。不要忘记，随着孩子长大，睡眠时间的长短也要做出相应调整。

8.不要玩电子产品

有相当一部分孩子睡觉前会玩电子产品。电子产品包括各种平板电脑和智能手机。这些设备通常会放射"蓝光"，蓝光会破坏我们的身体分泌褪黑素的能力，可能会造成我们的身体错过睡眠信号。有些电子产品上虽然带有"夜间模式"，但即便是切换到这种模式，电子产品还是会造成兴奋（比如制造声音）。最理想的状态是，在睡觉前几个小时就关掉这些电子产品，不要带进卧室。

9.不要带着生气或难过的情绪睡觉

对于成年人，睡觉常常是种享受。如果孩子们也这样觉得会很棒，所以我们要避免让睡觉变成一件糟糕或是悲伤的事。比如说，孩子做了错事，让他们"马上睡觉去"就不是一个好主意。用"可以晚点睡"来作为奖励，也是如此。这种行为将强化"不睡觉是奖励，睡觉是惩罚"的想法。同时也要避免将睡眠同死亡联系在一起。不要告诉你的孩子，某个逝去的人是在"休息"或是"睡觉"，这样做可能会让孩子们认为睡觉是一件可怕的事。

10.享受睡前的平静时光

研究表明,更换干净床单、保持空气清新,对良好的睡眠质量非常重要。晚上要避免紧张!虽然睡觉的时候可能会紧张,但在这个时间紧张会增强荷尔蒙皮质醇的水平,对于良好的睡眠并无助益,所以要尽力避免。睡前要明确表明您对孩子行为习惯和睡觉的要求,并且始终执行。无论孩子们怎样挑战你,都要保持冷静,不要提高音量。

疑问解答

每个孩子都是独一无二的,他们对这本书会有不同的反应。当我们将《睡吧,鹅卵石》拿去试读后,收到了非常积极的反馈。但是,也有家长反馈说,对自己家的孩子没什么效果,或是很难让自己的孩子做到安安静静躺在床上听故事。我们基于这些反馈,编写了下面的"问与答"(同时也加上了我们自己提出的其他假设性问题)。若是您在给孩子阅读本书时遇到了问题,希望这些回答能对您有所帮助。

问：我的孩子多大可以用这本书？

答：在我们的实验研究中，用过这本书的孩子年龄在3～11岁。无论是最大的孩子还是最小的孩子，都给过积极反馈，认为这本书对睡眠非常有帮助，但并非每个孩子都是如此。本书不同的环节对不同年龄段的孩子有着不同的影响。比如说，5岁的孩子就无法像11岁的孩子那样完成想象训练，但他却从专注力训练中获益良多（甚至有入园前的孩子完成过这个训练）。您可以改变、筛选掉那些您认为不适合自己孩子年龄的环节。

问：我家孩子有睡眠疾病，我可以用这本书来代替专业建议吗？

答：编写本书的目的，并非是要代替专业医生的建议。如果您的孩子有睡眠疾病，我们还是建议您立刻联系有关方面的健康咨询机构。

问：我的孩子不想躺在床上老实不动。我应该怎么办？

答：尽您所能给孩子营造一个安静的睡觉环境（具体做法详见73～77页）。不过，最初几天讲这本书时，您的孩子们或许更喜欢看书里的插画，问一些故事里的问题。然后，您可以告诉他们这本书能帮他们放松，鼓励他们在听故事的时候安静下来，老老实实躺着。睡觉前避免起冲突是非常重要的，所以如果您的孩子不想躺下，更愿意坐着听故事也很好，但是在肌肉放松训练环节必须要安静。如果在某天晚上，您的孩子特别烦躁不安，您认为他不适合听这本书的故事，也可以选择他们想要听的书来讲，再换另一天晚上试试。

问：我家里有好几个孩子，他们共处一室的时候很容易吵闹。我要怎么处理这种情况？

答：如果可能，尽量把每个孩子的上床时间错开，单独给他们讲故事，这或许能避免孩子们在一起的时候很兴奋。不过，如果做不到上述情况（比如说，您的孩子离不开人照料），那么尽可能调整睡前的习惯，尽量让他们平静，具体做法参见本书第73—77页。也要向他们说明，尽量尝试不要去管其他孩子在做什么。

问：我的孩子们不是很喜欢听这本书，或是做睡眠训练。我应该继续给他们讲这本书吗？

答：向孩子们解释，这本书是为了帮他们睡前放松，所以故事可能没有其他故事书那么刺激。比较刺激的故事可以在白天或是傍晚的时候讲。如果您的孩子不喜欢本书的某个故事，他也许会喜欢其他的。不过，如果这本书或是书中的各种睡眠训练让他们太过着迷，令他们变得躁动，那就不要再讲了。

问：我的孩子听了这本书以后，入睡时间并没有比之前快，我应该继续在睡前给他们讲这本书吗？

答：如果您的孩子很喜欢本书，那么就算您觉得它不能帮孩子们放松，也可以继续讲。或许孩子们需要几个晚上来习惯这种特别的故事，之后技巧才能生效。孩子们的睡眠不可能一夜之间就有改变，但是如果您觉得本书没有什么帮助，那么就无需继续使用。

问：他们听这本书的时候，我需要每个技巧都完全无误地照做一遍吗？

答：我们根据目标读者的年龄层，以及从早期实验家庭和专家那里收获的反馈，将睡眠技巧经过改良、优化，才形成了本书中的内容。不过，或许您更愿意有选择地讲给您的孩子听。有些家长希望可以先给孩子解释生词的意思，或是把某些词替换成孩子们更容易理解的词。年龄大一点的孩子或许在做想象训练的时候能够接受更多细节（比如在讲《睡吧，鹅卵石》的故事时，您可以让他们舔一下嘴唇上的盐）。年龄偏小的孩子或许没有这么丰富的想象力。我们尽量让肌肉放松训练环节不要太长，但您也可以为大一点的孩子添加更多的肌肉放松训练内容（比如说面部和肩部肌肉的紧张与放松），又或者觉得现有环节依然太长，可以适当删减步骤。有些家长或许还希望将本书的技巧套用到他们自己的故事里。

问：我的小孩想知道关于这本书更深入的内容，以及他们为什么要练习这些睡眠技巧，我应该怎么解释？

答：如果您的孩子对这些睡眠技巧背后的科学道理感兴趣，那真是太棒了。您可以根据孩子的年龄和理解能力，选择在白天，或是在开始讲这本书之前，给他们深入讲解一下这些技巧，以及睡前让身体和意识放松的重要性。一旦您开始讲故事了，特别是已经给他们讲过几次之后，就要试着鼓励他们安静下来，老老实实躺着听故事。

问：我家小孩更愿意看插图，不肯闭眼放松。我要怎么才能鼓励他们闭上眼睛？

答：刚开始读这本书的时候，您的孩子肯定是想把书里的每张图都看一遍。等到他们看过几次之后，您就可以开始鼓励他们在听故事的时候闭上眼睛。这本书绘制插图的目的，也是为了让孩子安静下来，而不是让他们更兴奋。

问：我家小孩觉得这些故事太长了。我该怎么做？

答：讲这本书的目的，并非是为了延长睡前时间。所以，您可以缩短讲其他睡前读物的时间（比如说，用本书来代替另一本睡前故事）。本书里，有的故事要比其他的长，《爱泡澡的长颈鹿》是最短的一篇，《好累好累的蜗牛》则是最长的，如果您觉得太长，可以跳过几个段落不讲。

鸣谢感言

　　首先，我们要感谢萨姆·亚瑟从项目开始时就热情参与，感谢他协调作者与插画师，并提供宝贵的细心帮助。也要谢谢乔安娜·麦金纳尼，谢谢她出色的编辑工作。特别要感谢参与进来的诸多睡眠专家（他们中有科学家、临床心理学家、医生、专注力训练专家和其他领域的专家），谢谢他们提供灵感和宝贵的洞察力，以及对此项目的反馈。这份专家名单包括但不仅限于：坎蒂斯·阿尔法诺博士、丹尼尔·伯伊斯博士、凯瑟琳·克兰博士、柯林·埃斯皮博士、艾瑞卡·福布斯博士、露西·福克斯博士、洛娜·戈达德博士、艾莉森·哈维博士、伊琳·雷克曼博士、丽莎·梅尔策博士、约迪·明德尔博士、费丝·奥查德博士、露西·威格斯博士和迈克尔·格兰纳德博士。同时也感谢菲奥娜·鲍尔、莎拉和马特·亨特、罗伯特·格里夫斯，还有珍妮·斯托克、凯蒂·特拉维斯、瑞贝卡·米切尔、雷切尔·尤普、吉姆·马丁、席亚拉·伯德、莎拉·艾伦斯和布莱恩·沙普利斯。我们也非常感激那些参与到早期实验的许多家庭，他们的反应和反馈对我们完善本书、优化本书的睡眠技巧有巨大帮助。

　　爱丽丝希望在此表达她个人对于家人、朋友和同事的感谢。这份名单非常庞大，无法一一提及，但尤其要感谢的人是保罗（小狼）、盖瑞和乔安娜·格雷戈里、帕特和布莱恩·希普、盖瑞·基罗、克里斯·伯德、琳妮·韦克、詹姆斯·史密斯第、拉沙德·布莱默汉、加布里埃尔·伊苏、埃辛·维德、塔利亚·埃利、玛丽·安德森-福特、玛利亚·纳普利塔诺和安娜·里士满、贾森·埃利斯、安布尔·吉本、克里斯·弗兰、安娜·格雷戈里、乔伊·施雷普内尔、布里奥妮·维尔、埃德·霍洛克斯、苔莉·墨菲特及阿夫沙洛姆·卡斯皮。还要特别感谢给她灵感的下一代：她的儿子海科特与奥森，她的侄子霍登、哈兰、菲利克斯、安德鲁、威廉、哈利、托比和小宝宝爱丽丝。

　　克里斯蒂希望在此表达她个人对家人的感谢，他们是：保罗、哈利、托比和爱丽丝，以及茱莉亚和罗格·科克派翠克、阿曼达和马尔康姆·伍德、玛丽和米歇尔·格里格、马克·格里格和米沙卡·迪亚兹·格里格，以及桑德拉和罗伊·布尔克。她还要感谢其他几位挚友：嘉玛·古耶特、尼克拉·帕尔、凡妮莎·弗朗西斯、金姆·巴克斯、安·拉德福德，以及史蒂芬和乔·平奇斯、凯斯·杰克逊、达里尔·尼尔伯特和瑞秋·纳斯鲁拉。她非常感谢自己的侄女和侄子：威廉、伊娃、丹尼尔、洁米玛和扎克，并把思念和爱送给露西。还要谢谢伊娃、比得、海科特和奥森。

作家、画家简介

爱丽丝·格雷戈里

　　爱丽丝·格雷戈里教授研究睡眠近二十载，发表了超过一百篇有关睡眠和相关主题的科学文章。她本科就读于英国剑桥大学，获得一等学位。在日本暂居几年后，她前往英国伦敦精神病学研究所攻读博士学位。目前，她于英国伦敦大学金斯密学院担任心理学教授。爱丽丝热衷于科普工作，撰写了很多广受欢迎的著作，比如《打瞌睡：受用终生的科学睡眠》。她还定期为BBC的《焦点杂志》投稿，同时亦为《卫报》《平衡杂志》和《GQ》杂志撰文。她的文章还发表在《对话》上，并被《法国西南报》《每日邮报》《独立报》等多家媒体转载，总阅读量超过五十万次。她最幸福的时光就是和家人在一起。

克里斯蒂·科克派翠克

　　克里斯蒂·科克派翠克是一名儿童教育方面的自由作家。克里斯蒂在英国沃里克大学获得一等学位，在此之后，她拿到了英国伦敦大学皇家霍洛威学院现代英语专业的硕士学位，并继续在该学院该专业攻读博士学位。她的博士研究方向是二十世纪初的写作与出版。克里斯蒂在正式成为作家之前，曾在学院和教育出版机构工作了近二十年。她应各大出版机构邀请，为孩子、老师和家长写了许多本书，主要涉及拼读、早期识字、特殊教育需求及残疾人等领域。她和丈夫及三个孩子一起生活。

埃莉诺·哈迪曼

　　埃莉诺·哈迪曼生于英国布里斯托，是一名插画师、设计师，主攻水彩画。她创作了一系列风格宁静的作品，画风鲜明、充满现代感。埃莉诺同时还接受世界各地的约稿，进行期刊插画、杂志封面和广告作品的创作。